KB016523

나 개 있음에 감사하오

—개와 함께한 시간에 대하여

우리의 기도가 되어주는 개들에게

신지

김살구

꼬미, 몽이

짱이

복자

해피, 지돌

밀리

달비, 하비

서행복

오디

마초

보리

여름이

보옹

초코

(시추)호두

(푸들)호두

쁘띠, 깜지

밤이, 아롱이

코코

__ 여는 글

시답고 개다운

어쩌면 이 시집은 사진 한 장에서 비롯된 것이다. A시인이 개 옆에서 환하게 웃고 있는 사진이었다. 문예지에서나 볼 수 있는 짐짓 심각한 표정과는 달라서 나는 그 사진을 오랫동안 들여다보았다. A시인에게 이런 개구쟁이가 있었나. 이토록 천진한 표정도 지을 줄 알았나. 시는 슬프던데, 얼룩덜룩하던데. 개와 함께 있을 때만큼은 시인이 아닐지도 모르겠다 싶었다. A시인의 시와, 개 옆에 자세를 낮춘 A시인의 표정의 낙차가 너무 컸기 때문에, 수년이 지나서도 그 사진을 잊지 못하고 있다. 그래서 생각해보았다. 내가 시 쓰려고 하면, 심각해지는 꼴은 용납하지 않겠다는 듯이 장난감을 물고 오는 나의 개를. 시 말고 나랑 놀자고 하는 시인의 개들을. 그러다 동그랗게 몸을 말고 기다려주는 우리의 개들을. 시인이 아니며 시가 되지 말라고 하는 순간들을 시로 옮겨보면 어떨까 생각했다. 그건 가장 시다운 것이자 개다운 것일지도 모르니까. 시인은 자기 자신으로부터 벗어나고 싶어 하고, 시는 시가 아닌 방향으로 달려가고 싶어 하므로. **그건 개도 마찬가지이므로.**

하필이면 지금. 왜 뜬금없이 라이카 생각이 나는 것인가. 1957년, 인간은 개 한 마리를 우주로 쏘아 올렸다. 인간이 호시탐탐 깃발을 꽂고자 안달했으나 끝내 두려움을 떨치지 못했던 우주라는 미지에, 인간은 개를 먼저 보냈다. 앞장세운 것이다. 인간이 죽을까 봐 무서워서.

돌아오지 못할까 봐 겁이 나서 말이다. 스푸트니크 2호에 탑승한 떠돌이 개. 후일 라이카라고 불리게 된 개의 이야기다. 우주 공간에서 생물체가 생존할 수 있는지에 대한 가능성을 점쳐보기 위해서였다고 한다. 그렇게 개는 인간 '대신' 우주로 갔다. 인간보다 '먼저' 우주에 갔다는 의미이기도 하다. 물론 이 두 가지 의미 모두 라이카가 원했던 것은 아니었으나…… 꼬리는 흔들고 있었을 것이다. 그것이 행복하기 때문인지 슬프기 때문인지는 인간이 알 수 없는, 라이카만이 간직한 진실이다. 어쨌건 내가 라이카에게 골똘해지는 이유는 그것이 무언가 암시하고 있다는 강한 예감이 들어서다. 인간과 개의 시간이 어떻게 펼쳐져왔고 어떻게 계속될 것인지를 함축하고 있지 않은가. 개는 앞으로도 인간의 모자람을 채우기 위해 인간 대신 앞장서게 되리라. **개가 원하든 원하지 않든.** 인간의 모자란 손과 발을, 눈과 코를, 영혼과 체온을 대신할 자리에 개는 아무것도 모르는 채 이끌려 다닐 것이다. 그리고 하나 더. 그런 개들이, 인간보다 먼저 무지개를 건너 지구를 떠나겠지. 떠나는 것을 보여주며 목숨의 슬픔과 사랑의 용기를 가르쳐주겠지. **인간이 원하든 원하지 않든.** 개와 함께 산책 나가본 인간이라면 알 것이다. 개가 앞장서서 저만치 간 다음 뒤돌아 띄우는 눈빛을. '여기까진 안전해. 와도 좋아'하고. 개들은 항상 그런 식이다. 우리를 지켜주려고 한다. 부드럽고 귀여운 주제에.

나 개에게 입은 은혜 무수하여 나 개 있음에 감사하므로. 이제 인간이 무엇을 할 수 있을지 고민할 차례다. 산책과 간식 제공은 가장 간편하고 보편적인 최소의 방법이다. 배나 목덜미를 쓰다듬어주는 행동은 개마다 취향 차이가 좀 따르는 편이다. 공을 던져주는 것도 관절이 약한 개들에겐 썩 위하는 행동이 아니다. 그나저나 인간으로서 개를 위해 할 수 있는 일이 겨우 먹여주고 산책하고 놀아주는 일뿐이라니. 그럴 리가 없지 않은가. 대대손손 개에게 받은 것이 이렇게나 많은데.

끝까지 함께 있어주는 일, 아프고 굶주린 개들을 외면하지 않는 일, 동물보호법에 관심을 기울이는 일, 환경을 오염시키는 나쁜 습관을 지우는 일, 육식을 줄이는 일 등도 결국 개를 위한 실천이 아닐까. 개를 사랑하는 만큼 저마다의 상상력이 최대로 확장될 수 있기를 바란다.

그리고 여기 시인들이 개를 위해, 개와 함께한 시간에 대하여 시를 써서 내민다. 시를 쓰는 동안 정작 시인의 개들은 탐탁지 않아 했을 수도 있으나, 이 시집이 닿는 곳마다 개에 대한 사랑이 깊어진다면 시인의 개들도 분명 좋아할 것이다. 개들은 항상 그런 식이다. 인간보다 더 맑게 인간을 용서할 줄 안다. 행복할 때에도 슬플 때에도 솔직하게 흔들리는 꼬리처럼.

—유계영

__ 차례

___강지혜×신지

여섯 개의 작은 발로

네가 사라졌던 밤
나는 절망의 왕관을 쓰고
가장 가난한 왕이 되었지
먹지도 마시지도 않았어
모든 백성이자 단 하나의 영광을 잃었으니까

네가 돌아오던 날
빠진 너의 어금니
아직 그걸 가지고 있어

내게 다시 왕관을 내려준
신지, 내 단 하나의 개

우리 사랑하는 모든 날이
나를 왕으로 만들어
모든 빛과 모든 어둠을 가진
위대하고 비천한 왕

지난 생, 아니면 다음 생 어디선가
분명 우린 함께 긴 터널을 지났을 거야

여섯 개의 작은 발로
걸어도 걸어도 끝이 보이지 않는
어둠 속을
타닥타닥

단둘뿐이었지만

— 강지혜

도망치지 않았지

너를 만나 내가 바닥이라 믿고 있던
것이 무너졌어 그렇기에
비로소 나는 날아올랐지
빛이 드는 쪽으로 한 걸음 더

우리의 나라는
성벽도 구호도 없고
사랑과 죽음만이 가득해
공평하고 평등하지

우리는 서로의 왕관을
물고 뜯고 어루만지며
애달파하고

신지, 내 턱을 핥는 나의 왕

계속 내 옆에 있을 거지?

네가 먼저 내 시간 속에서 사라진대도
하나의 왕국에 살고 있으니
우리의 왕관은 빛날 거야
언제까지나

죄책감

늦은 밤
비 오는 차양 밑에서
나의 개는 얌전히 뼈를 씹는다

그동안 우리는 세월을 태운다

다리에 기대어 오는 따뜻하고 무거운 몸

멀지 않은 곳에서 무명의 새
단발의 울음 흘리며 가고
문득 개는 고갯짓을 멈춘다

빗소리다
더해지는 것은 오직

새는 젖었을 것이다

차가운 바닥에 배를 깔고
열심히 뼈를 씹어 넘기는 개와
부지런히 낙하하는 구름

마른 눈꺼풀을 비비고
비를 향해 원망을 던지는 것은
두 발로 걷는 자들

비가 내리고 있을 땐
따뜻한 곳을 알 수 없고

— 강지혜

길을 걷고 있을 땐
길의 다리를 만질 수 없는 것이다

착한 개가 어둠 속으로
아그작아그작
이빨 소리를 촘촘히 박는다

내일은 날이 갠다
반드시

— 신지와 나

내 옆에 있어줘

__ 강지혜

신지, 혹시 그거 기억나? 예전에 바다 근처를 산책할 때 굉장히 무뚝뚝해 보이는 아저씨가 우릴 뚫어져라 봤던 거. 혹시 대형견에 대해 편견을 가진 사람일까, 하는 마음에 방어 태세를 갖추고 있었는데. 너는 눈치도 없이 그 아저씨에게 다가갔잖아. 내가 연신 "죄송합니다, 얘가 아직 어려서요", "사람을 너무 좋아해서요"를 외치듯 말하면서 네 목줄을 끌어당겼는데, 갑자기 아저씨가 "얘 몇 살이에요?"라고 물었지. 너는 좋다고 아저씨에게 달려가 꼬리를 흔들고 배를 보이며 뒹굴었지. 나는 "아직 한 살 안 되었어요"라며 어색한 미소를 지었고. 그러자 무뚝뚝해 보였던 아저씨가 무너질 것 같은 표정이 되더라?
11년 동안 함께한 골든 리트리버를 얼마 전에 떠나보냈다고. 그때까지만 해도 난 대형견의 수명이 중소형견에 비해 짧다는 것도 모르는 초보 반려인이었어. 신지, 며칠 전 네 세 번째 생일이었지.
네 생일 때마다 나는 그때 그 아저씨 같은 표정이 돼. 네 생일을 진심으로 축하하면서도 너의 시간이 나의 시간과 다르다는 걸 절절하게 깨달아. 내 처음이자 마지막 강아지 신지, 떠나지 말고 내 옆에 있어줄 순 없어? 네 아름다운 근육과 붉고 긴 혓바닥을 언제까지고 볼 수 있다면. 너의 따뜻한 눈 맞춤을 영원히 느낄 수 있다면. 그럴 수 있다면.

강지혜
2016년 제주로 이주했다. 그해 태어난 신지와 함께 산다. 위기에 처하면 '귀여움만이 나를 구원한다'는 주문을 외운다. 시집 『내가 훔친 기적』을 냈다. 현재는 강아지와 아기를 함께 돌본다. 매일이 고되지만 구원은 엄청나다.

___김상혁×김살구

내가 잘 모르는 강아지

내가 잘 모르는 강아지는
집 안 차가운 돌바닥에 배를 깔고 누워 책을 읽는다
노트를 펼치고 멋진 생각을 꼼꼼히 적는다

내가 모르는 강아지는
아주 사소한 질병도 앓지 않았다
하지만 그걸 특별한 행운이라 여긴 적이 없고
탈 없는 지난 십 년처럼 앞으로도 그러리라 믿고 있다

내가 만난 적 없는 강아지는
나를 길에서 만나도 전혀 행복할 리 없다
나 역시 다짜고짜 고백할 수도 없다

내가 떠올려보지 못한 강아지는 봄날
어느 행복한 영혼이 꽃과 햇살을 경쾌하게 지나치듯
나에게 눈인사하고 갈 길을 갔으며
뒤돌아볼 생각 같은 건 하지도 못했다

내가 알 수 없는 강아지의 봄날
그는 끝없이 손 내미는 사람에 관하여 곰곰이 생각해보았다
강아지를 강아지로 만드는 것은 예민한 코가 아니라고 생각해보았다

그러면서 내가 잘 모르는 강아지는
그가 지나쳐버린 봄날에서 계속 멀어졌다
어쩌다 머리 꼭대기에 떨어져 말라가는 배롱나무 꽃잎도 모르고

언젠가 적어둔 멋진 생각이 되기까지

— 김상혁

지팡이 짚고 서야 할 노견이 되기까지
내가 잘 모르는 내 강아지는 돌아오지 않고 있었다

기적의 시간

그리고 나는 순한 개를 받아와서 같이 산다 스위스
친구가 왜 그것에 나라 이름을 붙였는지 모르지만
스위스에 대한 나의 사랑은 어쩔 수 없이 깊어진다

둥글고 하얗고 이미 너무나 오래 살아버린 스위스
친구가 왜 작은 여행 가방 하나를 남겼는지 모르지만
스위스는 육면체, 열어둔 가방 안에 잘 앉아 있다

물론 스위스는 곧 간다
물론 스위스의 죽음은 내 사랑하는 친구를 돌아오게 못 한다

페키치의 『기적의 시간』을 읽은 뒤로 나는 영혼이 둥근 모양이라고 믿고 있다
하지만 스위스의 영혼은 친구가 잘 들고 간 육면체, 닫힌 가방 모양이라고 믿고 있다

— 김상혁

「하지만 내일은 꼭 운이 나쁘지」로 제목이 바뀌어 『슬픔 비슷한 것은 눈물이 되지 않는 시간』(현대문학, 2019)에 실렸다. 아주 긴 시인데 그중 일부를 발췌하여 원래 제목을 되찾아주었다. 꼭 스위스를 되찾은 것 같은 기분이다.

__ 김살구와 나

결혼식에 난입한 강아지

— 김상혁

한창 예식이 진행 중이었는데 강아지가 뛰어들었다. 내가 애를 안아들자 아내는 사회와 하객을 향하여, 그냥 이렇게 할게요, 하고 말했다. 나는 강아지를 안고 주례 선생님의 이야기를 들었으며, 강아지를 안은 채 축시와 축가를 들었다. 나중에는 팔이 좀 아파서 내려놓았더니 강아지가 아예 식장 여기저기를 돌아다녔다. 구석에다 실례하면 어쩌지, 싶었지만 그렇다고 크게 신경 쓰지는 않았던 것 같다. 원체 얌전하고 조용한 애니까, 우리 강아지가 우리를 곤란하게 한 적은 한 번도 없었으니까. 우리 부부는 결혼하고 파주로 이사를 왔고 여기서 아이도 낳았다. 물론 강아지 김살구도 여전하다. 좀 늙긴 했는데 여전히 우리 아이나 다름없다.

김상혁
2009년《세계의 문학》신인상으로 등단. 시집으로『이 집에서 슬픔은 안 된다』,『다만 이야기가 남았네』,『슬픔 비슷한 것은 눈물이 되지 않는 시간』이 있다.

___ 김소형×꼬미×몽이

개의 신

신이라면 개를
응당 사랑하겠지
천국에는 동물이 없다는 말에
흔들리던 종교 사이

사랑하니까 데려간 거겠지
이제는 기도하지 않겠지만

먼저 떠난 동물은
주인을 많이 기다린다고

그 말을 듣고 죽음을 두려워하지 않는
인간을
개의 신이라면 사랑해야지
그러지 않겠냐고

뙤약볕에 앉아
가장 먼 은하의 개미에게
물어보던
초여름

— 김소형

당근

여름에 가장 좋아하는 건, 개가 당근을 아사삭 씹는 소리를 듣는 것.
안 봐도 알지. 얼마나 맛있게 아껴 먹고 있을지.

반만 씹고 반은 바닥에 놓았다가 천천히 아득하게 다시 달달한 붉음을
어떻게 씹고 있을지.

당근의 꽃을 개는 본 적 없고, 작은 잎이 젖히고 갈라지는 걸
궁금해할지 모르겠지만 당근의 맛은 정확히 구별할 줄 아는 개, 너를
지켜보는 여름날의 오후가 얼마나 중요했는지.

외출 후 가방을 내려놓으면 가장 먼저 머리를 박고 가방을 뒤적거리는
너에게 당근을 멀리 던져주는 일.

도무지 당근을 좋아할 수 없지만 사람들을 만나면 말했지. 당근을
좋아하는 개는 안다고. 그러니까 나도 좋아한다고.

거기에도 있을까. 풀숲이, 도요새가, 천사가?
거기에도
당근이 있을까.

쏟아진 당근 사이로 너의 짧은 꼬리를, 명주실 같은 털을 본 것도
같은데,

당 근, 하면 너는 어디서든 달려왔지.
이쯤 되면 개는 달려와야 할 텐데.

— 김소형

__ 꼬미와 몽이와 나

사냥개 관찰 일지

— 김소형

잉글리시 코커스패니얼은 조렵견이다. 풀숲에 숨은 멧도요를
날아오르게 하여 사냥꾼이 새를 잡도록 돕는 역할을 했다. 사냥감을
물어와 회수견이라고도 불렀다.
오늘날 도시에 살게 된 이 개는 멧도요 대신에 벌레를 잡는다. 가끔 보면
벌레를 먹지도 않으면서 침 범벅으로 만들고 있다.
우울한 표정을 짓고 있는 사람이 있으면 위로해준답시고 엉덩이를
사람 얼굴에 바짝 붙이고 잔다. 잠에서 깨려는 사람이 있으면 저 멀리서
달려와 큰 발을 얼굴에 내려놓는다.
7년 전 꼬미 일지를 노트에 적으면서 이 시간이 좋고 즐겁다고
마무리했었다.
오래 창밖을 바라보던 뒤통수가 그립다. 무슨 생각해? 물어도 큰 귀만
움직일 뿐 대답해주진 않았다. 첫눈은 어땠는지, 화분에서 겨우 피어난
꽃을 똑똑 다 따 먹었을 때 그 맛은 어땠는지.
용기라는 게 있었다면 마지막을 준비할 수 있었을까.
이후에 우리는 같은 종인 몽이를 만났다. 몽이는 힘이 조금 더 좋고,
성격도 확실하다. 꼬미를 만났을 때는 함께 있는 사진을 남겨놔야 한다는
걸 몰랐다. 더 오래 함께할 것이라 믿었다.
끝없이 쓸 수 있는 이야기지만 여기서 마쳐야겠다. 이런 표정을 짓고
있으면 언제나 저 멀리서 달려와 엉덩이부터 들이미는 개들이니까.

김소형
개들이 더 오래 살았으면 좋겠다. 김꼬미와 김몽이 나를 참 많이 키웠다.
2010년 《작가세계》 신인상으로 등단. 시집으로 『ㅅㅜㅍ』이 있다.

— 남지은×짱이

수평의 세계

잘 익은 살구를 짓이기면 노을을 마저 완성할 수 있나요
어리둥절한 새들이 부리를 번득이는 곳에

어린 연인이 오늘치 기쁨을 불꽃으로 쏘아 올리는 곳에

모서리를 쫑긋거리는 별
멀리멀리 날아갈 때면 먼 곳의 선물을 입에 물고 늘 돌아왔어요

얼음이 녹아 흐르는 곳에 쥐고 있던 손을 푸는 곳에 그어진 선을 넘어보는 곳에

아기 입속을 닦다가 차오른 눈물을 꾹 누른다거나
복도 끝에서 끝까지 걸음 수를 세어보는 중인 사람에게나

개를 잃은 사람이 골목 끝에서 끝까지 이름을 외치고
이름의 주인공은 타오르는 씨앗을 물고 멀어지는 곳에

도착한 곳에 무릎을 구부렸어요
꼬리가 흔들리는 방향은 어떻게 한결같은지

둥근 잠 속에 물결처럼 드는 살아있어살아있어살아있어

흘러들어 온 저 빛은 어디서 시작됐는지 돌아볼 겨를 없는 곳에

— 남지은

빅토리아 턴불의 그림책 『판도라』(김영선 옮김, 보림, 2017) 중에서.

기척

작은 영혼은 무척이나 가벼워
하늘과 땅을 맘껏 오갈 수 있는가 봐
언덕에 내리는 눈송이처럼
메리, 부드럽고 환한 이름의,
메리와 언닌 기쁘다
빈 무릎에 누워도 좋다는 말을 아끼고만 있을 때
찾아온 메리, 언니는
그런 존재는 영영 잊히지 않는다 믿는다
이불 아래 자릴 내줄 때나
물그릇을 치우거나 목줄을 새로 살 때도
도로의 나무와 공원의 나무들 사이를 걸을 때도
세상 모든 가로등과 바퀴가 궁금할 때도
의자가 보이면 쉬고 의자가 없으면 계속 걸어
줄지어 새들이 날 때도 우린
더 멀리 가보자는 마음이 들고
혼자서는 몰랐을 길을 걸을 때나
혼자서는 맞지 않았을 비에 흠뻑 젖을 때에도
메리와 함께 기쁘다 언닌
발치에 앉은 메리
옷가지에 누운 메리
작아지는 메리
늙은 개의 이름을 부르면
머릴 쓰다듬으면 닿은 손에서 녹을 것 같아
바깥에 눈처럼 안달이 나고
메리는 다만
너무 오래 걸었다 한다 축축한 기억을 털며
먼 데에서 온 듯이 이쪽을 볼 뿐인 메리

— 남지은

눈 쌓인 언덕처럼 희뿌연 눈동자의 메리
친구의 강아지는 몇 해 전 죽었는데
어느 날 친구를 찾아왔다나 봐
화장대에 앉은 친구의 등 뒤로 발소리가 들렸는데
그럴 리가 없는데 그런 일이 일어나기도 한다
고갤 저어도 잠이 오는 것처럼
자꾸만 네가 물그릇을 쏟는 것처럼
어쩔 수가 없는 일과 어떤 말로도 불충분한 일이
이 땅을 뒤덮는가 봐
메리가 하얀 배를 내보인다
그만 잠을 청하렴
눈이 오면 눈이 온다
일러줄게 늙은 개들은
작은 기적을 알아차릴 수 있다
그런 존재가 우리에게 필요하므로
그런 소식이 우리에게 찾아오므로

__ 짱이와 나

사랑하는 나의 작은 개

— 남지은

봄을 건너뛰고 여름. 네가 아니었으면 영영 깨어나지 않았을 여름.
제주 바다에 누워 생각했다. 너와는 바다에 가보지 못했다는 걸. 너랑은
어디든 갈 수 있을 것처럼 굴었는데 그러지 못했다는 걸. 사랑하는
작은 개가 아니었다면 나는 어떤 시간 속에 영원히 갇혔을 거다. 그만
일어나라고, 밖으로 나가자고 말해준 나의 짱이를 사랑할 수밖에, 기억할
수밖에.

개와 함께한다는 건 나 아닌 한 생을 돌보는 것. 태어남부터 사라짐까지
한 존재의 반짝임이 나에게 스며드는 것. 어떤 순간에도 귀엽고 믿음직한
개는 말한다. 네가 누구든 너를 사랑하는 건 너무나 쉬운 일이야. 까만
코로, 따뜻한 이마로, 폭신한 발바닥과 안아 들기 적당한 무게로, 소그만
짖음으로…… 더 큰 사랑을 들려준다. 우리 인간이 듣지 못한다 해도.

남지은
2012년 『문학동네』로 등단했다. 14년 전 아빠의 오토바이에 실려 온 아기 시추 짱이를
만났다. 지금은 어르신이 된 짱이의 껌딱지 보호자.

___민구×복자

이어달리기

이다음에는
너의 개가 될게

다음 생이 있다면,
죽지 않는 나라에서
계속 살아야 할 운명이라면

이다음에는
너의 개가 될게

더 벌어지지 않는다면,
지구를 한 바퀴 돌아서
네가 나를 따라잡는다면

우리는 서로의 거리를 잊고
각자 어울리는 이름을 새로 지어주자

불 꺼진 조그만 방에서
누가 개인지 사람인지 모르고
쿨쿨 기대 잠든 환한 등짝처럼

사람의 나이로 깨지 않는 꿈을 꾸자

이다음에는
너의 개가 될게

하지만 다음 생이 있다는 건

— 민구

뻔한 드라마 같은 일

내가 넘어져도
뒤도 안 돌아보던 네가
오늘은 옆에서 꼬리를 흔들고 있다

살아 있는 개처럼
긴 트랙을 전력으로 질주한 선수처럼
피곤한지 크아아아

하품을 하고 있다

나는 환생을 믿지 않아

그 개는 죽어서도
꼬리를 흔든다

밖에서 소리가 나면 귀를 세우고
배가 고프면 제자리에서
빙글빙글 돈다

산책을 가자 하면 줄을 깨물고
화가 나면 이마가 빨개진 채
베란다에서 소변을 본다

곱슬거리는 털, 따뜻한 혓바닥
네가 맞구나, 하지만 나는
환생을 믿지 않아

아이슬란드에는 죽은 이를 땅에 묻으면
살아 돌아온다는 묘지가 있다고 한다

나는 캐리어에 작은 개를 담고서
공항으로 가는 상상을 한다

내가 죽으면 얼마나 큰
캐리어가 필요한 걸까

오늘 아침에는 네가 옆으로 와서
한숨을 쉬며 누웠다
나는 친절하게 말했다

— 민구

우리는 너를 묻었어
죽어도 살아 있는 유령견

집에 오는 길에 간식을 한 봉 샀다

차가 다니지 않는, 사람이 오래전에 사라진
밤거리의 개들에게 나눠주고
그들이 사라질 때까지

천천히 날아가는
비행기를 세어보았다

__ 복자와 나

죽은 강아지 나라

— 민구

가족의 임종을 지키는 것만 한 축복도 없을 것이다. 복자는 15년 동안
우리 가족에게 좋은 친구였고 의젓한 막내였다. 죽기 전에는 비틀거리며
화장실에 다녀왔고, 가볍게 눈인사를 하고 떠났다. 복자가 죽었는데
눈물이 나지 않았다. 마지막 순간을 지켰다는 위안 때문에. 복자는 특히
아빠를 좋아했다. 아빠는 복자를 배낭에 넣고 엄마와 산으로 갔다.
봐둔 자리가 있다고, 사람이 잘 다니지 않는 곳이라고 했다. 아빠는
수시로 복자를 만나러 갔다. 카스텔라와 사과 조각, 생수를 떠놓고
사진을 찍어서 보냈다. 나는 빵이나 치킨 같은 걸 주면 개가 죽는다고
나무랐지만, 우리는 맛있는 걸 먹을 땐 상 밑에 개가 먹을 약간의 것을
몰래 덜어놓고 먹었다. 강아지가 죽으면 '죽은 강아지 나라'에 산다고
한다. 고양이가 죽으면 '죽은 고양이 나라'의 나무에 발톱 자국이
생긴다고 한다. 복자야, 어딘가에 그런 나라가 있을 거야. OECD에
가입은 못 하겠지만.

민구
개와 하는 산책을 좋아한다. 가방 속에는 늘 개똥을 치울 여분의 봉지가 있다.
복자의 오빠였고 지금은 뭉치, 코코, 까망이네 형이다. 2009년《조선일보》신춘문예로 등단.
시집『배가 산으로 간다』가 있다.

___박세미×해피×지돌

접속

네가 두 발을 들고 일어서면
나는 앉는다
나의 사회와 너의 사회가 만나는
촉촉한 뽀뽀

은돌,
오늘 기분의 높이는 얼마니
잠의 강을 잘 헤엄쳐 건넜니

이상하지 우리는
온 힘을 다해 뛰어올라도 다시 바닥이라는 걸 알면서도 몇 번을 더 뛰어오르는지
기다리고 있는데 기다리라는 말을 들으면
괜히 발바닥을 할짝거리게 되지 않니
형제와 친구들을 미워하지 않기 위해
한 발자국을 참는

우리는 어디서 왔을까? 내가 물으면
너는 발라당 누워 부드러운 배를 내민다
흰 테두리의 분홍 귀를 가졌지
나의 옆구리에 네가 주둥이를 파묻을 때마다
활짝 열리는 순결의 동굴
나의 사회로부터 낳은 죄들을 거기에 숨겨두었다

나의 사회와 너의 사회가 다르다는 이유로
나는 너를 안고 즐거운 멍청이가 되는데

— 박세미

은돌,
잘 자자 하여도
깨진 빛의 창들이 꽂히는 잠을 자고
일렁이는 검은 수면 위에서 겁에 질린 헛발질을 하는
너는 절뚝거리는 슬픔을 어디에 묻어다 놓았니

창문을 열면
목을 길게 빼고 바깥을 바라보는 네가 있고
흰 궁둥이를 바라보는 내가 있다

초록의 작은 기적에
뒤돌아본다
여름이 온다고

꿈의 형벌

향이 자주 피어오르던 옆집에서 불이 났고, LPG 가스 배달 가게가 있던 동네는 순식간에 아수라장이 되었다 우리 집 해피는 놀라서 싱크대 밑 가장 깊숙한 곳으로 들어가 버렸다 자다 깬 나는 장님처럼 낮은 허공을 헤집어 해피의 발을 낚아챘다 그리고 너석을 품에 안고 달리기 시작했다 뒤도 돌아보지 않고 멀리 더 멀리, 죽을힘을 다해 뛰었다 우린 살아남았다

둘 다 살아남았다는 안도와
깊은 포옹은 그날의 전유물

열여덟의 오월 이후로 나는 너를 꿈에서만 본다
꿈에 입장하는 나는
유리 주머니에 완벽히 밀봉되어 있다
그곳에선 너의 등을 쓰다듬어도 감촉이 없고, 목덜미에 코를 박아도 냄새가 없다
그날의 어린이가 어둠에서 너의 숨소리를 끝내 찾아낸 것처럼
최대한 멀리까지 도망쳤던 것처럼
단 한 번도 뒤돌아보지 않았던 것처럼
열여덟의 나도 끝까지 너를 끌어안고 있었다면
다시 한번 우리 둘 다 살아남았다 말할 수 있었으려나

울음으로 무마되지 않는 자책이
해피를 꿈으로 불러낸다
해피가 마지막 비명을 지르는데
나는 듣지 못한다
나만 살아남았다

— 박세미

__ 해피와 지돌과 나

해피라는 첫,

— 박세미

여름성경학교 캠프를 갔다가 며칠 만에 집에 왔더니, 아빠가 '공사판에서 강아지를 주워왔는데, 하루 만에 도망가 버렸다'는 이야기를 해주었다. 동생과 나는 아쉬웠지만, 한 번도 본 적 없는 강아지를 그리워했을 리는 없다. 그런데 며칠 뒤, 나가 놀던 동생이 뛰어 들어오더니 아빠에게 묻는 것이었다. "아빠, 혹시 몸은 하얗고, 한쪽 눈에만 검은 점이 있는 개야? 바우 와우처럼?" 그렇다고 하니, "지금 야채 가게에 있어! 데리고 올게!" 했다. 그렇게 우리는 식구가 됐다. 처음으로 서로를 알아보는 운명을 경험했고, 해피라는 이름을 지어주었고, 9년을 함께했다. 해피가 객사했을 때, 나는 열여덟이었다. 견딜 수 없는 후회와 슬픔이 있다는 것을 처음 배웠다. 그리고 10년도 더 지난 지금 나는 해피를 대부분 잊고 지낸다. 꿈에 나타나도 이제 울지 않는다.
사진 속 은돌이와 지단이는 남자친구의 식구다. 넷이 함께 산책하고, 목욕을 시키고, 털을 빗기고, 입맞춤할 때, 아름답고 저릿한 첫 감각이 시간을 넘어 찾아오곤 한다. 운명같이.

박세미
해피를 잃고 다시는 개와의 인연을 만들려고 하지 않았던 인간. 지돌(지단과 은돌)을 만나고 다시 개의 영혼과 접속을 시도하는 인간. 지돌과 가까워질 때마다 양손에 두려움과 기쁨을 꼭 쥐는 인간. 가끔 내가 목줄을 차고 있는 것이 아닌지 목을 만져보는 인간. 시집 『내가 나일 확률』이 있다.

____박시하×밀리

밀리에게

꽃잎 흩날리던 유월
흰 배를 타고 왔다

약속처럼
뒤통수에 난 길을 따라가는

슬픔의 대가
눈물을 참고
콧노래 부르며 걷는다

눈에 담긴 호수 위로
달이 반짝인다

행복한 생인가

팔락팔락 귀 날리며
밀리-에밀리-밀리밀리-밀과 보리

(밀과 보리가 자라는 것은 누구든지 알지요
친구를 기다려
친구를 기다려
한 사람만 나오세요 나와 함께 춤춰요!)

귀에 코를 대면
숲을 머금은 바다 냄새

가끔 슬픈 눈을 하지

— 박시하

태어나기 전부터 다 알았다고

개의 시인은 생각하네

슬픔으로 살아가니
다행인가

밀리!

누추한 품으로 뛰어온다
외로움의 강자
웃고 있다

에밀리 디킨슨(Emily Dickinson, 1830년~1886년)

존재의 흐린 빛

개가 될까
개가 되면
가난해서 멸시받지 않는다
개로서 사랑받고
개로서 멸시받고 싶다

꿈이 될까
꿈이 되면
함께 걸을 수 있다
너의 잠에 다가가고 싶다
외로운 꿈으로서

초록색 물속에 뛰어들어서
겨우겨우
숨 쉴 수 있었다
물이 될까
물이 되면
흘러갈 수 있다
아래로

물로서
존재하고 싶다
격렬하고 품위 있고
흐리게
빛나고 싶다

— 박시하

— 밀리와 나

동네 친구 만들어준 비글미

— 박시하

밀리는 이제 곧 한 살이 됩니다. 작년 6월 7일에 우리 집 옆에 있는
은행나무 집에서 태어났어요.
밀리를 데려오던 날, 다칠세라 품에 안았던 작디작은 강아지는 1년 만에
거대한 괴력을 지닌 비글로 성장했습니다. 산책할 때면 온 동네 사람들을
깜짝 놀라게 하고, 집 안의 온갖 화장품을 박살 내는 취미를 키웠지요.
그리고 저는 개의 시인이 되었습니다. 덕분에 세상을 보는 창이 밝은색
필터를 씌운 것처럼 환해졌어요.
주민들과 산책할 때마다 마주치다 보니 친구가 되었습니다. 폐지를
모으는 세 모녀와 편의점 언니는 밀리의 베스트 프렌드죠. 10년 동안
동네 친구 하나 없던 제가 문구점 아주머니, 약국 언니, 모든 동네
견주들과 다정한 인사를 나누게 되었습니다.
그러니 슬픔으로라도 살아서 다행인가, 자문해보는 것입니다.

박시하
2008년《작가세계》로 등단. 시집으로 『눈사람의 사회』, 『우리의 대화는 이런 것입니다』가
있다.

___박준×달비×하비

단비

올해 두 살 된 단비는
첫배에 새끼 여섯을 낳았다

딸이 넷이었고
아들이 둘이었다

한 마리는 인천으로
한 마리는 모래내로
한 마리는 또 천안으로

그렇게 가도
내색이 없다가

마지막 새끼를
보낸 날부터

단비는 집 안 곳곳을
쉬지 않고 뛰어다녔다

밤이면
마당에서 길게 울었고

새벽이면
올해 예순아홉 된 아버지와

멀리 방죽까지 나가
함께 울고 돌아왔다

— 박준

『우리가 함께 장마를 볼 수도 있겠습니다』, 문학과지성사, 2018.

줄

우리는 대낮부터 묶여 있었습니다. 그동안 저는 눈이 붉어졌고, 더키는 눈 밑이 붉어졌습니다. 더키는 몸의 털들을 쏟아냈고, 저는 악을 위악으로 바꿨습니다. 함께 코를 들썩였습니다. 저는 숨만 겨우 쉬었고, 더키는 숨을 쉬면서도 어떤 냄새를 맡고 있는 듯했습니다. 늘 앞서 길을 걸으며 그랬듯 말입니다. 그 길고 질긴 줄을 저는 꼭 쥐고만 있었습니다.

— 박준

더키, 코코, 달비, 하비

— 박준

저는 지금 하비와 달비와 함께 살고 있습니다. 파주에 있는 부모님 집에는 하비와 달비의 엄마인 단비가 삽니다. 단비는 코코랑 친했습니다. 코코는 5년 전, 그 파주집에서 열네 살의 나이로 죽었습니다. 코코는 더키와 친했습니다. 코코가 세 살 때, 더키가 죽었습니다. 더키는 열두 살이었습니다.
가끔 하비나 달비가 더키 같다는 생각을 합니다. 생각을 하고 나면 하비에게도 미안하고 달비에게도 미안하고 더키에게도 미안합니다. 마음의 번짐이 만든 이런 미안함이 사실 처음은 아닙니다.

하비
2015년 8월 10일 경기도 파주에서 태어났다. 최근 꿀벌에 두 번이나 쏘였다.
장난감을 좋아하지는 않지만, 다람쥐 인형과 만두 인형만은 살뜰히 챙긴다. 눈물이 많다.

달비
2015년 8월 10일 경기도 파주에서 태어났다. 잠수를 할 줄 안다. 영혼의 단짝 '삐꼴로'라는 인형이 있다. 생각보다 잘 먹고, 생각보다 다리가 짧다.

박준
2008년《실천문학》으로 등단. 시집으로『당신의 이름을 지어다가 며칠은 먹었다』,
『우리가 함께 장마를 볼 수도 있겠습니다』가 있다.

___서윤후×서행복

너는 있다

기운이 없어서 물을 쏟았다
쏟은 물인 줄 모르고 너는 핥지
나는 너를 쓰다듬고
너는 나를 깨무는 안간힘

나를 만나러 오기 위해
너무 많은 화분을 쓰러뜨리며 온 너를
품에 두자 냄새만이 남는다
금방 돌아가야 할 것처럼 보채는
시간 앞에서 우린 자주 미끄러졌다

너는 나의 어떤 냄새를 알까
우리는 어떤 꽃의 실패한 향기일까
(재채기)

젖은 코에 묻은
오늘의 건강함
단지 우리가 견뎌야 할 몇 분

기운이 나서 너의 이름을 크게 불러본다
이름보다 늦게 도착하는 네가
나에게서 그치는 얌전함으로 엇갈리고
우리가 우리로서
엎드려 있던 시간이 멎는다

너의 자명종 울리고 나는 늦잠 자고
너는 없고 나는 있다

__ 서윤후

더 분주하고 바쁜 빈자리
나만 남겨진 오후
냄새만이 마지막을 들킬 때

마침표를 입에 물고
도망가며 멀어진다 너는
내게 다시 마침표만큼 작아지고
친밀한 면회가 끝난다
나는 내 안에서 나갈 수가 없다

우리가 우리의 냄새에 맺히는 건
오랜 떨림이었으므로
잃어버린 것을 찾지 않기로 한다
너는 내 이름을 한 번도 불러준 적 없으면서
내게 있다는 신비

햇빛이 꼬리를 흔든다
네가 늘 앉아 있던 자리를 향해서
너는 있다

부서지기 쉬운

엄마의 기침은 멎지 않고 삼촌은 개를 보내주어야 한다고 수화기 너머로 말했다 외갓집 셋방 할머니가 키울 거야 또 볼 수 있으니까 그럼 너에게도 여름방학이겠지? 그땐 휴게소도 들리지 않고 데리러 갈게 그런 말을 속삭일 때 너는 아직 반절만 접힌 귀

자동차 뒷좌석에 탄 너는 뒤돌아 나를 보고 있었다 나도 너를 보고 있었는데 이제는 내가 뒤돌아야만 너를 볼 수 있게 되었다 종업식 날 버스 타고 멀미를 꾹 참으며 너를 만나러 갔지만 셋방 할머니는 이제 여기에 안 살아 마당 있는 넓은 집으로 이사 갔다는 말을 들었다 너에게도 좋은 일이겠지?

우리는 노이즈 가득한 사진 속에 있었다 앞만 볼 줄 알았던 나는 너를 잠깐 졸 듯 잊었다 어느 명절, 외삼촌은 나를 데리고 셋방 할머니를 찾았다 살아 있겠지? 나는 왜 그런 걱정을 턱에 괴고는 알 수 없는 주소지가 적힌 종이를 꽉 쥐고 있었는지, 제일 느린 달팽이를 타고 달리는 기분

수풀 지나 인적 뜸한 곳에 서서 보았다 저기 묶여 있지 않은 개 한 마리, 나에게로 뛰어왔다 뜨거운 입김 코코아 향 입 냄새 촉촉한 코 접히는 귀 우리가 서로를 알아본 사이 시간은 몇 겹이고 흘러가 버렸다 삼촌은 네가 할아버지가 되었다고 말했다 네가 말할 수 없어도 내가 들을 수 있다는 것을 이제 알아 그게 어색함일지라도

꿈에서도 뒤를 돌아본다 네가 보일까 봐 연예인 나오는 허무맹랑한 꿈에서도 잃어버린 친구들과 발야구하는 꿈에서도 가끔 돌아보면 네가 있을 것 같다 셋방 할머니에게서 너의 마지막 소식을 들은 날 나는 울지 않았다 엄마의 기침은 멈췄고 나는 뒤돌아보지 않고도 눈 감으면 너를

__ 서윤후

볼 수 있게 되었다

__ 서행복과 나

안간힘을 무릅쓰고

— 서윤후

친구들이 자신의 강아지 이름을 부를 때, 자신의 성을 붙여 부르는 것을 보고 있으면 나도 모르게 웃음이 난다. 내게도 '서행복'이라고 부르던 친구가 있었다. 오래전이라 우리는 제대로 된 사진 한 장 남기지 못했다. 어쩌면 남길 생각이 없었는지도. 잠시 동안 영원할 줄 알았던 거다. 성을 나눠 갖고 우리는 형제처럼 지냈다. 네가 누워 자는 곳에 내 발이라도 채일까 웅크리고 잠을 자도 좋았다. 세상의 모든 요크셔테리어만 보면 네 생각이 난다. 공원이든 길에서든 나는 눈물이 날 것 같다. 사랑은 때때로 아주 숭고하고 뒷모습은 고약하다. 내 기억 속에서 너는 언제나 헐레벌떡 뛰고 있다. 분홍빛 혀를 내놓고 웃는 건지 힘든 건지 헷갈리는 표정으로. 꿈에서 너를 볼 수 있는 나의 시력이 나빠지지 않도록 나는 애쓴다. 이 시들이 그런 나의 안간힘이다.

서윤후
2009년 《현대시》로 등단. 시집으로 『어느 누구의 모든 동생』, 『휴가저택』이 있다.

— 성다영×오디

실공

빈 나무를 올려다보며 누군가 말한다
잎이 왜 떨어지는지 알아요?
열매가 익으면 잎은 쓸모없기 때문이오

사람의 인과성은 습관적이다

시간만 있으면 모든 것을 이해할 수 있어 남자가 말하자 강아지가 고개를 한쪽으로 약간 기울인다

오디야, 이해하고 싶어?

오디의 이빨은 쌀알처럼 작고 쌀알처럼 강하다
단단하게 뭉쳐 있는 실공을 흐트러트린다
쉽게 부러지지 않는 나무토막도 씹어서 없앤다
이유 없이 사람을 물지 않는다
강아지라는 이유로 겁주는 사람은 물 것이다
그의 다리나 손가락을 세게

바람이 불지 않아도 가지가 움직인다
살아 있는 나무는 더 살아 있는 것 같고
더 살아 있는 것이 무엇을 의미하는지 알지 못해도
몸을 기울인다
오디의 장난감에서 나온 실이 내 양말이나 가방에 붙어 있다
나는 몸에 붙은 실을 떼어내지 않는다
그것은 어디든지 간다
동네 카페와 제주도
내 꿈에도

— 성다영

새가 날아와 내려앉거나 올라앉는다
그것을 지켜보는 동안 강아지가 새가 있는 곳으로 크게 뛴다

나는 줄을 놓친다

어떤 일의 끝

똑같은 커피 두 잔
직원이 하나를 탁자 위에 내려놓는다
이런 실수할 뻔했네요 이게 아니라 이겁니다
그걸 어떻게 알죠?
제가 내렸으니까요

나무에 달린 채 썩어가는 열매

죽다

죽고 싶다 하느님이 그런 마음을 주셨다
강아지가 죽었어 그것은 하느님의 뜻이야

사람의 믿음은 두텁고 성실하다

사람은 마음속에 울타리를 갖고 있어요
우리는 사실 모릅니다
무섭다
나는 마음속에 울타리가
부서지지 않는 마음
무섭다
나는 울타리가 마음속에
모르겠다
더 알고 싶어
나는 있어요
모르겠다
더 알고 싶지 않아

— 성다영

강아지를 볼 때마다 한 단어가 떠올라서 괴롭다

카프카가 말했다. 나는 마음속에 울타리를 갖고 있어요.

— 오디와 나

동물 오디

— 성다영

오디는 유기견이었다. 오디가 태어난 지 7개월 되었을 때 나와 함께 살게 되었다. 오디는 어렸을 때 유기되어서 자신이 버려졌었다는 사실을 모르는 것 같다. 오디는 밝고, 겁이 없고, 호기심이 많고, 사람과 다른 강아지를 좋아하고, 자신이 아주 큰 강아지인 줄 알아서 큰 강아지를 만나면 놀자고 먼저 말을 건다. 우리는 최근에 제주도로 여행을 다녀왔다. 여행을 다녀온 뒤로 오디는 조금 차분해졌다. 나는 오디에게 자주 묻는다. 오디야 무슨 생각 해? 그러면 오디는 고개를 옆으로 기울인다. 오디야 이해하고 싶어? 내가 물으면 오디가 다시 고개를 옆으로 기울인다. 오디야 행복해? 나는 너 때문에 행복한데 너도 행복해?

성다영
2019년 《경향신문》 신춘문예로 등단. 유기견 오디와 함께 살고 있다.

___송승언×마초

개는 모른다
모르는 개는 안다

개는 모른다. 이 장난감 안에 든 간식을 어떻게 꺼낼 수 있는지.
그러나 개는 안다. 곧 그 간식을 먹게 되리라는 것을.

개는 안다. 오늘 낮 당신의 외출은 개를 위한 일이 아니라는 것을. (알면서도 그 난리.)
그러나 개는 모른다. 당신의 외출이 개의 간식을 만든다는 것을.

개는 모른다. 바깥이란 온통 개가 모르는 것들로 이루어져 있다는 것을.
그러나 개는 안다. 그렇기에 바깥이 흥미롭다는 것을.

개는 모른다. 당신이 오늘 왜 슬픈지.
그러나 개는 안다. 당신이 슬프다는 것을.

개는 모른다. 당신이 아는 많은 것들을.
그러나 개는 안다. 당신이 모르는 많은 것들을.

개는 안다. 당신이 개를 얼마나 사랑하는지.
그러나 개는 모른다. 당신이 개를 얼마나 사랑했는지.

— 송승언

발이 닿는 곳마다

들판은 점점 넓어지고 있다. 개의 입장에서는 후각의 확장을 통해. 나의 입장에서는 개의 운동을 통해. 개는 냄새를 쫓아 달려간다.

수풀과

나무와

해변을 거쳐…

당신에게로.

개의 산책 영역이 넓어질수록 당신의 근육량도 증가한다. 인간의 몸=마음 근육이 단련되는 동안에도 개는 달려가고 있다. 초속 11미터씩 넓어지는 들판으로.

들판에는 다른 사람도 없고 당신과 나와 개뿐이니 하네스를 잠시 놓아줘도 좋다.

— 송승언

__ 마초와 나

마초의 모험

— 송승언

마초는 검정 프렌치 불도그이다. 마초는 플라스틱 공을 앞에 두고 15분째 앉아 있다. 그 둥근 것 안에 간식이 들어 있기 때문이다. 그 공은 개가 앞발로 굴리면 공 속에 든 간식이 바깥으로 쏟아지는 장난감이지만, 요령이 없는 마초는 공 앞에 앉아서 간식이 제 발로 걸어 나오기만을 기다리고 있다.

프렌치 불도그는 지능이 낮은 축에 속한다고 한다. 똑똑한 견종(가령 푸들)이 다섯 번 가르쳐주면 이해할 것을 프렌치 불도그는 오십 번 넘게 가르쳐줘야 겨우 이해한다고.

세상을 4년째 살아가는 중인 마초는 세상에 대해 모르는 것이 여전히 많지만, 어쩌면 영영 모를지도 모르지만, 그래서 앞으로도 마초의 모험은 계속될 것이다. 오늘도 마초는 마초할미가 만든 수십 벌의 옷 중 한 벌로 갈아입고 대문을 나선다.

송승언
마초의 대부, 혹은 철 되면 찾아가는 유랑극단 같은 존재. 2011년《현대문학》으로 등단. 시집으로『철과 오크』가 있다.

___심보선×보리

강아지 이름 짓는 날

오늘은 온 식구가 모인 날이다.
조만간 집에 들일 새 강아지 이름을 짓기 위하여.

지금 같이 사는 개는 한국어와 산스크리트어를 조합한
"잘생긴 보살Minami Lama"이라는 이름이다.

당시 어머니는 "개는 개일 뿐"이라며 반대했지만
나는 "개에게도 불성이 있다"고 고집했다.

오늘 어머니는 "검둥이"가 어떠냐 물었다.
우리는 새 강아지의 털 색깔은 갈색이라 답했다.
어머니는 알고 있다고 말했다.

검둥이는 우리 집에서 기른 첫 번째 개의 이름이었다.
일종의 수미쌍관이라고나 할까.
어머니에겐 새 강아지가 마지막 개가 될 수도 있으니까.

여동생은 "그렇다면 브라운Then Brown"이 어떠냐 했고
나는 말없이 고개를 가로저었다

인공지능이 전공인 남동생은 "야생지능Wild Intelligence"이 어떠냐 했다.
잠자코 이야기를 듣고 있던 제수씨는 "커피 한잔" 어떠냐 했고
나는 잠시 혼란스러웠지만 이내 "좋지요"라고 답했다.
(사실 제수씨는 개 이름 하나에 고상을 떠는 우리 셋에 재치 있게 한 방 날린 것이다.)

— 심보선

식구들이 커피를 마시는 동안 나는 사진 한 장을 생각했다.

다섯 살 무렵의 나랑 그때 키운 강아지가
옛집의 마당에서 함께 잠든 모습을 아버지가 찍은 사진이다.

이름도 기억나지 않는 그 강아지는 다 자라기도 전에
자기보다 몸집이 몇 배나 큰 개와 싸우다 물려 죽었다.
지금 생각해보면
뭔가 아버지와 비슷한 운명이었던 것 같다.

아버지는 죽은 개를 집 앞 공터에 묻고
삽을 땅에 꽂아 세워놓고는 긴 묵념을 올렸다.

어른이 된 후 가끔 그 장면을 떠올리면 "숭고"라는 단어도 함께 떠오른다.

나는 강아지 이름으로 "숭고"가 어떠냐 물었다.

식구들은 뭔 소리냐 물었다.

나는 롱기누스의 「숭고에 관하여Peri hypsous」를 인용하여 숭고란 "한순간 벼락처럼 출현하여 모든 것을 가루로 부숴 흩날려버리고 독자를 황홀경에 가까운 경탄에 빠트려 시인에게 불멸의 명성을 가져다주는 말의 위력"이라고 말했다.

다들 말없이 고개를 가로저었다.

어머니는 말했다.
"얘야, 네 말을 정확히 이해할 사람은 우리 중에 아무도 없구나. 하지만 아버지가 살아 계셨다면 적어도 그렇게 말하는 너를 자랑스러워했을 거다. 그러고는 나중에 친구들과의 술자리에서 틀림없이 "여보게들, 숭고가 무슨 뜻인지 아는가?"라고 물었을 거다."

여동생이 물었다. "아버지라면 강아지 이름을 뭐라고 지었을까?"
남동생이 답했다. "우리 뜻대로 하라고 했겠지."

어머니와 제수씨는 말없이 고개를 끄덕였다.

오늘은 강아지 이름을 짓기 위해 온 식구가 모인 날이다

— 심보선

고인의 뜻을 마음 한구석에 새기고
우리는 밤이 늦도록 토론을 이어간다.

『시학』(아리스토텔레스 외, 천병희 옮김, 문예출판사, 2002, 267쪽) 중 일부를 변형했다.
『오늘은 잘 모르겠어』, 문학과지성사, 2017.

나를 환멸로 이끄는 것들

태양
오른쪽
레몬향기
상념 없는 산책
죽은 개 옆에 산 개
노루귀 꽃이 빠진 식물도감
종교 서적의 마지막 문장
느린 화면 속의 죽음
예술가의 박식함
불계(不計)패
변덕쟁이들
회고전들
인용과 각주
어제의 통화 내용
부르주아 대가족
불어의 R 발음
모교의 정문
옛 애인들(가나다 순)
컨설턴트의 고객 개념
칸트의 물(物) 자체
물 자체라는 말 자체
라벤더 향기
아래쪽
토성

— 심보선

『슬픔이 없는 십오 초』, 문학과지성사, 2008.

— 보리와 나

나는 개 옆에서 살아왔다

— 심보선

제법 많은 강아지를 키웠다. 강아지들을 키우면서 죽음과 이별을 배웠다. 집을 떠난 강아지, 병에 걸려 죽은 강아지, 쥐약 먹고 죽은 강아지, 남에게 맡겼으나 소식 끊긴 강아지…. 내 영혼의 일부는 분명 강아지들이 키웠다. 어렸을 땐 개들을 막 대했지만, 나이가 들수록 그럴 수 없다. 내 영혼의 일부이니까. 그러니까 이렇게 말할 수 있다.
개 같은 내 인생이 아니라 개와 가까운 내 인생. 「강아지 이름 짓는 날」에 등장하는 주인공의 이름은 '보리'이다. 흔한 이름이지만 역시 불교식 이름이다. '최고 지혜의 경지'를 뜻하는 말이다. 하지만 녀석은 최고 지혜의 경지가 아니라 최고 정신 산만의 경지를 보여준다. 낑낑거리고 놀자고 보채고 크고 작은 사고를 치고. 가끔 우리는 서로를 조용히 쳐다본다. 그때 녀석은 고개를 갸웃거린다. 마치 "왜?"라고 묻는 것 같다. 그러게 말이다. 왜 나는 너를 볼 때 기분이 좋아지냔 말이다.

심보선
시인, 사회학자. 1994년《조선일보》신춘문예로 등단. 시집으로『내가 누군가를 죽여야 한다면』,『오늘은 잘 모르겠어』,『눈앞에 없는 사람』,『슬픔이 없는 십오 초』가 있다.

___안미옥×여름이

조율

이 줄은 누구의 것일까

유리문을 열면
흰 눈이 쌓여 있었다

눈의 처음이 늘 하얗다는 것이
말할 수 없는 참혹처럼

'무너지게 될 거야' 누군가 한 말을
'무뎌지게 될 거야' 라고 들었다

뭉치가 죽었어
화장 비용이 없어서 아직
방에 같이 있어

멈추려는 숨 때문에
개의 코는 마지막까지 길어졌을 텐데
그런 개를
따뜻한 방 한가운데 놓아두고

저녁을 먹고 있는 사람의 전화
목소리가 마른 웅덩이 같다

겨울이라 땅을 파고 묻을 수도 없어
방에 같이 있어

한겨울의 가장 따뜻한 방

— 안미옥

이 줄은 무엇으로 엮은 것일까

체에 걸러도 남는 마음 때문에
구멍을 더 촘촘하게 짜는 사람이 있고

잿더미 속에서도
눈을 뜨고 옆을 보려는 사람이 있다

개는 가장 작은 자세로
엎드려 있다

엉망

어린 개는 달린다
신발을 물어와 방 한가운데 두고
구름을 잔뜩 풀어헤쳐놓았다

방이 엉망이군,

집에 돌아온 주인의 목소리가 닫힌 상자 같아도
개는 좋다 개는 행복하다

동그랗고 까만 눈동자
창밖을 본다 거기에 무엇이 있을까
개의 생각을 다 알지 못한다 해도
함께 산다
그것이 가능하다

둥근 배가 따듯해지는 기분으로
개의 머리를 쓰다듬으면 조금
알게 될 것만 같다

개가 주인을 닮는다는 말보다
주인이 개를 닮는다는 말이 더 좋다

잠깐 깨물었다 놓아준 오후가
둥글게 굴러가고
산책하다 만난 새를 쫓고
주인보다 한 발 앞장서서 걷다가
시간이 흐르고 어린 개는 자란다

— 안미옥

개는 자라서 주인의 생각을 이해한다
개는 방을 어지럽히지 않는다
개는 조용하다
개는 기다린다

시간이 다르게 흐른다
개는 슬픈 생각을 멈출 수 없다

착한 개가 앞발에 턱을 괴고
기다리고 있을 때
모든 것이 제자리에 있을 때
개의 하루는 엉망이 되어갔다

__ 여름이와 나

그래도 괜찮아

— 안미옥

"너에게 어떤 흠이 있다고 하더라도. 어떤 결함이 있고, 어떤 실패를 겪었다고 하더라도. 그래도 괜찮아. 그래도 너를 사랑해. 그래도 네가 소중해."

개를 키우다 보면 개에게서 종종 이런 말을 듣는 기분이 든다. 내가 어떤 사람이라서가 아니라 단지 나여서 사랑받을 수 있다는 것, 가늠할 수 없는 환대라는 게 있다는 것을 개는 알게 해준다. 나도 그런 마음으로 여름이를 사랑한다. 사랑을 주고받는 일이 이렇게 복잡함 없이 간결하고 확실할 수 있다니. 정말 놀라운 일. 개와 함께 살다 보면 가능한 일.

안미옥
2012년《동아일보》신춘문예로 등단. 시집『온』이 있다.

___안태운×보옹

흰 개를 통해

흰 개가 있어. 나와 함께 공터를 산책한다. 흰 개는 나의 개이자 흰 개는 공터의 개, 그러므로 나와 함께 공터를 산책하지. 산책하며 서로 사라지기도 하지. 나는 흥얼거리며 흰 개를 두고 달렸다. 흰 개는 나를 따라 달렸다. 하지만 흰 개가 따라올 수 없을 정도로 더 빨리 달려. 나는 속으로 외치며 더 빨리 더 빨리 달렸어. 흰 개는 쫓아오다가 쫓아오기를 그만두고 멈춰서 나를 쳐다보기만 한다. 나는 흰 개에게 되돌아가지. 흰 개는 나를 잊은 것 같다. 나를 잊은 척하나. 나는 흰 개를 쓰다듬고 안아 들었다. 흰 개를 바라본다. 흰 털과 눈과 입술을. 흰 털과 눈과 입술을 지닌 개는 내가 안은 흰 개, 그러나 흰 개는 입술이 검은 개. 나는 흰 개의 눈을 쳐다보고 흰 개는 내 눈을 피한다. 그런데 입술 위로 검은 게 나 있다. 이건 검은 털이구나. 흰 개인데 검은 털이 하나 나 있다. 그게 너무 신기했어. 흰 개도 늙어가나 보다. 검은 털이 났다는 게 늙어감의 증표인가 보다. 나는 공터를 산책하는 사람들에게 소리쳤지. 여기 흰 개가 있어요. 검은 털이 난 흰 개가 있어요.

사람들은 나와 흰 개 주위로 몰려들었다. 흰 개를 바라보는 사람들과 사람들을 바라보는 나와 흰 개가 있는 공터에서 나는 손가락으로 흰 개의 검은 털을 가리킨다. 여기를 봐요. 여기 검은 털이 나 있어요. 사람들은 검은 털을 살펴보려 하지. 줄을 서서 검은 털을 만져보려 한다. 한 명씩 만져보고 있다. 줄이 길어. 줄이 나무 뒤까지 나 있어. 나무가 사람들 뒤까지 나 있어. 사람들은 끝도 없이 서 있었고 나는 그만 지쳐서 옆 사람에게 흰 개를 맡긴다.

나는 공터를 산책하고 있지. 공터를 돌면서 흥얼거린다. 공터의 흰 개, 사람들의 흰 개, 그러니 나는 흰 개와 멀어져 공터를 돌고 있다. 흰 개가 없으니 빨리 달려도 괜찮아. 더 빨리 달릴 수 있다. 공터를 계속해서 달리고 싶어. 나는 더 빨리 달렸다, 더 빨리. 하지만 문득 내 뒤로 아무도 따라오지 않는 게 슬퍼졌지. 아무도 내 뒷모습을 바라보지 않는 게 슬퍼졌지. 흰 개는 어디에 있나. 나는 흰 개가 있는 곳으로

— 안태운

돌아가고 싶어. 흰 개는 나를 잊었으려나. 나는 달려갔다. 다행히 저기 흰 개가 있었지. 흰 개는 홀로 공터를 돌고 있다. 사람들은 어디에 있나. 흰 개는 나를 보고 짖는다. 흰 개를 보자 반가워서 나도 짖는 시늉을 한다. 반가워, 흰 개야, 반가워. 나는 흰 개를 안아 들었지. 흰 개는 나를 쳐다본다. 그런데 검은 털이 보이지 않아. 검은 털이 사라졌구나. 나는 흰 개에게 물어보고 싶다. 흰 개야, 공터의 흰 개야, 검은 털은 어디로 갔어, 어디로 갔니, 흰 개야. 나는 흰 개의 흉내를 내며 묻지만 대답할 리 없지. 대답할 리 없다. 검은 털은 어디로 갔나. 물어볼 수 있는 사람들도 없었다. 나는 마음이 이상했어. 흰 개를 품에서 내려놓았다. 흰 개는 공터를 돌았어. 공터를 끝도 없이 돌 것처럼 돌며, 돌다가 공터 밖으로 뛰어나가고 있다. 공터를 벗어나자 흰 개는 일어났다. 일어나서 아주 천천히 걸어갔다.

안개비

창밖을 보렴
너는 안개비 내리는 창밖을 바라보다가
함께 사는 동물에게 말했지
창밖을 봐

하지만 동물은 창밖을 바라보지는 않았다
그곳으로 드나든 적은 없었으니까
대신 현관을 쳐다보며 앉아 있었지 네 무릎 위에서
현관을 통해 이곳을 오고 갔으므로

동물은 닫힌 문 너머 다가올 사물을 부르는 것 같다
사물은 서서히 다가오고 있는 것 같다
그렇게 바라보면

너도 동물을 하염없이 바라봤어
하지만 동물은 네 눈을 피했지
동물은 인간이 아니니까 너는 계속 그 눈을 바라볼 수는 있었다

피하는 눈이라도
네가 오래 그러고 있으면
눈 말고 다른 부위에 닿을 수 있었고
너는 안개비 내리는 창밖으로 초점을 잃었다

— 안태운

— 보옹이와 나

보오오오옹!

— 안태운

보옹! 부르면 봉이는 쳐다본다. 부르면 올 때도 있고 안 올 때도 있다. 집에서는 대부분 본체만체하며 눈을 흘긴다. 보옹. 보오옹. 보오오오옹. 이런, 부를수록 이름이 점점 길어지는군. 나는 봉이를 더욱 부르거나 그만 부른다. 봉이는 제 맘대로 하지. 봉이는 잘 뛰어다니고, 사진 찍히는 걸 싫어하고, 게슴츠레 눈을 뜰 때가 있고, 먹을 때는 허겁지겁 먹는 편이고, 분리 불안이 있는 것 같고, 조금은 영악하고, 달려들다가도 겁이 많아서 놀라고, 잘 참지를 못하고, 고요한 곳과 산책을 좋아하고, 잘 잊어버리고……. 산책할 때 봉이는 나를 잘도 따라온다. 거리를 가늠하면서 제 할 일을 하다가 조금 멀어진 듯하면 따라붙는다. 그리고 보오오옹이라고 부르면 내게 달려온다.

안태운
2014년 《문예중앙》 신인문학상으로 등단. 시집으로 『감은 눈이 내 얼굴을』이 있다.
보옹이와는 함께 몇 년을 같이 산 사이이고 지금은 전주에 내려갈 때마다 만난다.

___원성은×초코

이리(Eerie) 테글턴

이리 테글턴은 나를 감시하는 역할을 맡았다
그는 테리 이글턴이라는 이름의 개를 키운다
역할극 속에서 나는 그의 개 역할을 맡았다

그는 밝은 눈과 밝은 귀를 가졌다
빛과 소리에 민감하고
경미한 조울증과 불면증에 시달리고 있지만
따로 약을 복용하지는 않는다
내가 아는 바로는 그렇다

이리는 짐승의 이름이다
영어 단어 eerie는 무시무시하다는 뜻의 형용사다
나는 두 가지 뜻이 다 마음에 들지만
냉소적인 문학가의 이름을 비틀었다는 부분이
내 작명법 중에서 가장 마음에 든다

그의 이름은 빅 브라더가 될 뻔하기도 했다
그가 나를 감시하는 역할을 맡았기 때문이 아니라
그가 1984년에 태어났고 동물애호가이기 때문이다

이리가 가장 좋아하는 동물은
이리도 늑대도 아니고 개다
테리 이글턴이라는 이름의 테리어 종의 개는
털 관리가 잘 되어 있는 법이 없다
주인은 애완견의 정갈하지 못한 모습에 흡족해 보인다
애완견이 때때로 유기견처럼 보인다는 것에

— 원성은

테리! 테리!
이리가 산책길에서 개를 부르면 간혹
낯설고 건장한 남자들이 경악한 표정으로 뒤를 돌아본다
때로는 두 명이, 세 명이 그것도 동시에

이리! 이리!
나는 이리 테글턴이 나를 감시하는 동안
그가 나의 유일한 조력자이자 친구라고
상상해보기도 한다 그리고 이것은 기분 나쁘지 않은 상상이다
그에게 빅 브라더라는 이름을 붙여줬다면
불가능했을, 가능한 망상의 하나이다

이리 테글턴은 오늘도 무시무시하고 이리 같은
눈과 귀를 나를 향해 열어두었다
나는 그 점이 마음에 든다
나는 그의 열림을 향해 막연히 던져진 존재다
나는 그의 레종 데트르다
그의 신체기관들이 활짝 열려 있다는 것이, 내가 나를
던져지게 내버려둘 수 있다는 점이

신은 모든 것을 닫아걸어두는 데에 능숙하다
비밀에 대해 철통 보안을 지키는 것에
신은 그래서 신이니까 하지만
하지만이라는 말이 주는 긴장감과는 반대로
내 친구 이리 테글턴은 신이 아니고
그가 애지중지하는 개 테리 이글턴은 사랑스럽다
그를 무장해제시킬 만큼 귀엽다

나는 사랑을 받는 개 역할을 맡았다
연극은 계속되고
내가 말할 수 있는 것은 여기까지다

— 원성은

수영

풍선을 들고 따라와 비가 그치면 널 따라갈게
하나는 어두워지는 초록, 둘은 탈색되기 시작한 노랑

수취인 대신 온몸으로 흩어지는 익명이 있고
음악이 있고
빗소리에 주파수를 섞는 외로운 주인이 있다

비를 맞는 개는 심심하다
비를 피하는 개는 심심하다

영혼이란 게 있다면 그걸 숨길 수 없는 장르라는 생각이 들었어요 이 비 말이에요, 이건 마치
— 우산은 탁 펼쳐지는 순간 빠르게 중얼거린다
빗방울과 물웅덩이 사이가 사이렌만큼 멀고 깊다

유월의 다육이들은 도미노처럼 인내심이 없다
옹기종기 소란스러워진다
— 무너짐보다 기다림은 욕조 속에 잠긴 선인장의 일이라는 듯

주머니 밝기의 그림자를 만진다
내 손은 손가락 끝부터 밝아진다
양말 모양의 발들을 데리고 산책한다
내 발은 안개꽃처럼 지워진다

피의 무게만큼 진동하고 있는 너, 사람아, 유일한 주인아

풍선을 따라와 비가 오면 함께 잠들자

— 원성은

하나는 분주해지는 초록, 둘은 즐거워지는 노랑

여름의 원근법은 냉담한 원근법으로

마침내 구름과 발목이 함께 가난해진다

__ 초코와 나

초코 사랑

— 원성은

요크셔테리어는 애교가 많고 소유욕과 호기심이 강해. 나는 노는 걸 좋아하지만 낯가림이 심하고 까칠한 성격의 소형견이야. 나는 나의 종이 중요하다고 생각하지 않지만, 산책 중에 날 보고 다짜고짜 나의 종을 물어오는 사람들이 있으니까 하는 말이야. 많은 사람이 길고 윤기 나는 털을 상상하지만 내 털은 조금만 길어져도 잘 엉켜서 관리가 어렵고, 여름이 다가오면 짧게 삭발을 해야 해.
우리 가족 메신저 단톡방 이름은 '초코 사랑'이야. 나는 누나가 열여덟 살 때, 동네 동물병원을 통해서 입양됐어. 엄마는 퇴근길에 3개월 된 새까만 나를 담요에 둘둘 말아 소중하게 품에 안고 집에 왔어. 우리 가족은 원래는 개를 키울 생각이 전혀 없었는데, 나는 사실 당시 누나의 우울증 때문에 입양됐어. 개를 키우는 것이 누나의 소원이기도 했고 가족들은 내가 누나에게 좋은 기운을 줄 거라고 생각했나 봐. 내 이름은 누나가 너무나 좋아하는 달콤한 초콜릿의 그 '초코'가 됐어. 어렸을 땐 지금과는 달리 온몸이 다크초콜릿처럼 새까맸기 때문이기도 하고. 스타워즈에 나오는 '츄바카'도 후보 이름 중 하나였어.

원성은
2015년《문예중앙》으로 시를 발표하기 시작했다. 현재 초코는 고향에서 부모님과 생활 중이다.

___ 유계영×호두

그 개

그 개가 살아 있을까 봐
거리에서 개들을 마주칠 때마다 멈춰 서게 된다
저렇게 생겼던 것 같아 이만한 덩치였던 것 같아 밤색이었던 것 같아
얼룩이였던 것 같아 우두커니 서서
도무지 기억나지 않는 그 개를 생각한다

내가 아홉 살이었으니까 아마도 그 개는 죽었을 것이다

나는 자꾸 울었다
그 개가 허벅지 위로 올라오려는 게 따뜻한 체온이 흔적처럼 남는 게
필사적인 게
혼자 있지 않으려는 게 이름도 없이 이름을 가지려는 게
아무것도 모르는 게 아무것도 모르면서 꼬리를 흔드는 게
이상하고 무서웠다

무르고 약한 것은 무르고 약한 것과 함께 있으면 안 되는 거라고
훗날 누군가 말해주었지만
나는 그런 똑똑한 말은 알고 싶지 않았다

그 개가 살아 있을까 봐
거리에서 개를 마주칠 때마다 축축한 땀을 흘리게 되었다
도무지 생김새는 떠오르지 않았지만
손가락을 미친 듯이 핥던 혀의 감촉이 생생하게 떠올랐다

우연히 마주친 개들의 혀는 붉게 피어올라
거리의 검은 코들을 반짝반짝 닦아주고 있었다

— 유계영

이십 년이 흐른 뒤 다시 개를 키우게 되었다
그 개가 살아 있을까 봐 몸서리치지 않게 되었지만

나는 자꾸 울었다
이 개가 죽어버릴까 봐
허벅지 위에 따뜻한 체온을 흔적처럼 남기고 갈까 봐
필사적으로 가버릴까 봐
이름이 무거워 이름 없음의 세계로 돌아갈까 봐
나를 알고 있을까 봐 나를 알아보고 꼬리를 흔들어주지 않을까 봐

개들은 개들끼리 서로의 기억을 공유한다는 말을 믿었다

아버지는 한동안 개를 앉혀놓고 밤새도록 자신의 죄를 고백했다
다음에는 꼭 사람으로 태어나자 사람으로 만나서 오래오래 살아 있자

고꾸라지기 직전의 뒷모습이
커다란 개의 등처럼 진실해 보였다

그러나 개는 이 모든 것에 큰 관심이 없는 듯했다
꼬리가 마룻바닥을 탁탁 쳤다
그러고는 쩍 하품했다

우리는 슬픔 말고 맛과 사랑과 유머

너 나한테 간식 얼마나 줄 수 있어? 하루 한 번 공원 데려갈 수 있어? 고소한 발 냄새 마련돼 있어? 손 달라고 조르지 않을 수 있어? 침대는 내가 차지할 건데 바닥에서 잘 수 있어? 내가 싼 똥 니가 치울 수 있어? 흙탕물 허락할 수 있어? 짭짤한 빰 어디 맛볼 수 있어? 벽지 뜯게 해줄 수 있어? 착하고 말 잘 듣는 보호자 될 수 있어? 멀리 최대한 멀리 던져줄 수 있어? 나처럼 크게 짖을 수 있어? 거기 그래 거기 쉬지 않고 쓰다듬어줄 수 있어? 헤어질 때 울지 않을 자신 있어? 끝까지 웃을 수 있어? 기억해줄 수 있어?

개는 단 한 번을 묻지 않고 즐겁기를 원하고

너를 시로 쓴다면 무엇을 쓸 수 있을까
너는 웃기는 강아지인데 나는 시인도 아니면서 왜 슬프고 서늘한 문장만 떠오를까

개가 공을 던져주길 원하는 방향은 아마 이곳이었을 것이다

— 유계영

__ 호두와 나

개와 개 아닌 마음

— 유계영

호두는 개다. 그러나 호두가 개일 리 없다. 호두는 비둘기고 돼지고 귀뚜라미고 코끼리고…… 심지어 몇몇 친구들은 나를 호두라고 부르기도 하니까. 사랑의 놀라운 능력 중 하나는 존재를 흐르게 한다는 점이다. 나는 내 안에 틀어박힌 방안퉁수였으나, 땡볕과 맹추위에도 눈곱을 떼고 집을 나서는 산책자가 된 것이다. 나는 나 이외의 대상에게 이토록 열광하게 될 오늘날을 꿈에도 예상하지 못했다. 호두를 통해 비둘기를 돼지를 귀뚜라미를 코끼리를…… 나를 넘어 남을, 사계절과 오늘을 아끼게 될 줄은 정말 몰랐다. 이것 좀 봐, 오늘의 하늘과 오늘의 햇빛. 오늘의 구름과 오늘의 나무. 신비로운 오늘의 새소리를 들어봐. 모두 호두가 알려준 것이다. 가끔은 개가 천국의 파견자는 아닐까 생각한다. 그러지 않고서는, 나의 어두운 장소들을 단숨에 밝혀놓은 이 작은 개에 대해 설명할 길이 없다.

유계영
시집 『온갖 것들의 낮』, 『이제는 순수를 말할 수 있을 것 같다』, 『이런 얘기는 좀 어지러운가』가 있다. 호두에게 '앉아', '손', '기다려' 등을 요청하지 않는데, 왜냐하면 내가 더 잘하기 때문이다. 앉기, 손 주기, 기다리기를 잘한다.

___유형진×호두

개들의 이름

초코, 두부, 감자, 타나, 아지,
바위, 랑이, 포롱이, 꼬동이, 사랑이, 윤슬
길상이, 묵털이, 불초, 졸졸이, 상돌이, 천진, 라온이, 성불
미미, 썸머, 타이거, 블레이스, 제이든, 릴리비
그리고 시에라, 샤도우

냄새와 소리로 보는 이 세상은 어떤 모습일까
가시거리의 것들만 볼 수 있는 나는
그것이 너무 궁금해서 답답하지만
어쩌면 호두는 그것을 알게 하려고
구슬 같은 눈망울로 나를 쳐다보는 것 같아

수지네 샤도우가 뒷마당 담장을 훌쩍 뛰어넘어 동네 개들과 어울려 군인들 운동하던 캠프까지 놀러 나갔다 오면, 담장을 뛰어넘지 못한 시에라는 집에 남아 샤도우가 돌아올 때까지 담장 아래에서 떠나지 않고 울었다고 한다

어느 날 샤도우가 그림자도 남기지 않고 떠난 후
그 현관문 앞에 누워
담장 넘어 놀러 나간 그때처럼 하염없이
샤도우를 기다리던 시에라도
이젠 이 세상에 없는 개의 이름

샤도우나 시에라처럼 호두가 사라진다면,
그 생각만 해도 왈칵 쏟아지는 마음
하지만 이 세상에 호두라는 이름의 개는 참 많고

— 유형진

다정한 친구네 개들의 이름을
하나하나 별처럼 불러보면
개들만 볼 수 있는 그 담담한 세상이
주단처럼 펼쳐진다

모르텐과 똥 먹는 개

닐스가 타고 다니는 오리의 이름 알아? 오리가 아니고 거위일걸? 그건 왜? 닐스가 왜 갑자기 작아졌지? 동물을 괴롭히던 닐스가 요정할아버지를 괴롭혔어, 그래서 화난 요정이 닐스를 자신이 괴롭히던 동물들보다 작게 만들어버린 거야. 날지 못했던 거위였어, *모르텐*은. 닐스가 모험을 떠날 때 타고 간 거위의 이름.

> 강아지 공장에서 생산된 강아지들이 강아지를 원하는 가정에 입양됩니다. 사람들은 강아지를 사죠. 적당한 돈을 주고 사면서, 명백히 생명을 사고파는 행위를 하면서, 윤리를 배웠다는 교양인의 죄책감 때문에 '입양'이라고 말합니다. 설명하기 어려운 이유로 키우기 힘든 아기들과 보호자의 보호를 받지 못하는 아기들이 아동복지시설에 오는 것처럼, 사람들에 의해 태어나면서부터 *퍼피고아*가 된 강아지들이 펫숍 유리 케이지에 모입니다. 각처에서 온 아기들이. *나를 좀 데려가주세요. 따뜻하고 포근한 잠자리와 먹을 것이 필요해요.* 아유, 너 정말 귀엽게 생겼다. 왠지 너는 처음부터 우리 집 강아지인 것 같아. 쳐다보는 저 초롱초롱한 눈 좀 봐! 사람들은 얼마간의 사료와 강아지를 가둘 울타리와 배변패드를 함께 구매하여 강아지를 데리고 집으로 갑니다.

*모르텐*을 타고 모험을 떠난 닐스는 동물을 괴롭혔던 잘못을 뉘우치는 거야? 글쎄…… 아마도 그럴걸? *모르텐*이 기러기들과 합류 하여 *라플란드*로 간다고 했던 것 같아. *라플란드*는 어딘데? 우리는 가보지 못한 땅. 철새 기러기들과 *모르텐* 같은 거위에겐 고향 같은 곳이겠지. 검색해보니 북유럽의 북극권 가까운 어딘가 툰드라와 호수가 많은 아름다운 지역이라고 나와 있네. 닐스도 거길 가나? 몰라. 『닐스의 모험』을 본 지 20년도 넘었는걸. 내가 그 거위의 이름을 기억하는 것만 해도 신기한 일이다.

— 유형진

왜 이렇게 짖을까요? 그리고 아무리 가르쳐줘도 자꾸만 아무 데나 똥오줌을 싸요. 그리고 좀 귀여워해주려고 머리를 쓰다듬으려는데 왜 자꾸 무는 걸까요? 우리 아이는 손가락에 피까지 났어요! 결국은 자기가 싼 똥을 자기가 먹더라구요. 예쁜 강아지인 줄 알고 데려왔더니 똥 먹는 개였어. 똥개! 아, 안 되겠어요. 너무 낑낑거리고 짖어대는 통에 이웃에 민폐가 될 것 같네요. 혹시 환불할 수 있을까요? 결제는 신용카드로 했는데.

날지 못하던 거위 모르텐이 어떻게 하다 날게 되었을까? 그건 아마, 넌 날지 못할 거라고 비웃던 농장의 동물들과 자신을 괴롭히던 닐스에 대한 복수였을 거야. 자기들이 예쁘다고, 귀엽다고 돈 주고 사 왔으면서. 똥오줌 못 가린다고, 짖어서 시끄럽다고, 주인을 자꾸 깨문다고, 병들었다고, 환불해달라고 하지. 그러다 환불하지 못하면 집에 가다 길에 몰래 버려. 그냥 차 타고 가다 아무 데나 놓고 가는 거야. 그 버려진 똥 먹는 개들이 갑자기 사람의 말을 하기 시작하는 것과 같지 않을까? 모르텐이 날게 된 이유는.

— 호두와 나

산책 후 졸음

__ 유형진

호두와 함께 산책을 나갔다. 그날은 살짝 비가 내렸다. 아무리 비를 맞아도 집 안보다 바깥이 좋은 호두는 늘 묵묵하다. 개가 '묵묵하다'는 건 사람의 말로 떠들지 않아서 내가 모를 뿐. 호두가 사람의 말을 할 줄 안다면 엄청난 수다쟁이였을 것이다. 호두는 바깥에 나오면 항상 사건 현장에 나온 형사처럼 열심히 산책길을 조사하고, 나는 그 내용을 추리해본다. 가끔 오른쪽 뒷발을 안쪽으로 들어 올리며 냄새 맡을 때도 있고, 왼쪽 앞발을 들어 구부리며 냄새 맡을 때가 있다. 오른쪽 뒷발을 들어 올릴 때는 주로 다른 개들의 배변 흔적을 찾아내어, 그놈이 암컷인지 수컷인지, 연령은 얼마나 되는지 알아낼 때이고, 왼쪽 앞발을 들고 냄새 맡을 때는 새로 돋아난 새싹이나 낙엽의 부패 정도와 식물의 성장 속도를 체크 중일 때이다. 가끔 달팽이 집 같은 것을 찾아 몇 살 된 달팽이가 집을 버렸는지 분석할 때도 있지만 언제나 그 답은 호두만 알고 나에게 알려주진 않는다.
어느 날 먼 곳까지 나갔다가 참 진드기를 잔뜩 붙여 온 바람에 털을 바짝 잘라주게 되었다. 티베트의 승려처럼 밀어버린 털이 조금 자라 있을 때였다. 산책 다녀온 후 낮잠 자는 호두가 너무 귀여워서 꼭 끌어안았다. 어찌나 졸리는지 내가 그렇게 꼭 끌어안고 자세를 고쳐도 잠만 자는 바람에 결국 세상에서 젤 못생긴 푸들처럼 나왔지만 나에겐 너무 예쁜 호두다.

유형진
2001년《현대문학》에 시를 발표하며 등단했다. 시집으로『피터래빗 저격사건』,『가벼운 마음의 소유자들』,『우유는 슬픔 기쁨은 조각보』가 있다. 음악 하는 소년과 프로그래머인 남자, 그리고 '호두'라는 이름의 갈색 푸들과 함께 살고 있다.

___ 임솔아×쁘띠×깜지

무릎

네 앞에 무릎 꿇는다. 한쪽 뺨을 방바닥에 댄다. 네 발바닥에 입술을 댄다. 발바닥 냄새를 맡는다. 너는 두 발로 공을 꽉 잡고 있다.

너덜거릴수록 너는 신이 나는 것이다. 잘근잘근 씹어놔야 신이 나는 것이다. 너는 공을 아끼니까 공을 물어뜯다 찢어버리고 싶어 한다.

소파 밑으로 굴러가 버렸으면. 조금 더 깊이 굴러가 버렸으면.

나는 미리 소파 앞에 엎드려 있다. 이제 너도 소파 앞에 엎드려 있다. 소파 밑의 어둠이 공을 꽉 잡고 있다. 너는 발톱을 세워 어둠을 조르다가 긁어대고 어둠에게 대화를 시도한다. 뒷걸음질 치다 드디어

나를 돌아본다. 나는 조금 더 오래 공을 꺼내주지 않고 싶다. 네가 나를 한사코 쳐다본다. 나를 쳐다보다가 어둠에게 하던 행동을 나에게 하기 시작한다.

공? 이라고 물으면 너는 내게 덥석 안긴다. 공을 놓쳐서 너는 나를 좋아하기 시작한다.

무릎을 꿇은 채 엉덩이를 높이 들고 손을 뻗는다. 공을 꺼내어 뒤를 돌아보면
텅 빈 개집이 있다.

— 임솔아

예의

명절처럼 한 사람씩 모여들었다.
식구들은 자꾸 자리에서 일어났다.

마실 물을 가져다주었고
덮을 담요를 가져다주었다.
개를 위할수록 개는 혼자가 되었다.

개는 헐떡였다.
헐떡였지만 웃는 것 같았다.
주섬주섬 카펫 바깥으로 기어가 오줌을 쌌고
그 위에 쓰러졌다.

온 가족이 둘러앉았다.
식구들은 번갈아 머리를 받쳐주었다.
어린 개가 죽어가는 걸 지켜보다가

잘 가, 깜지야. 가라고 하지 마, 얘가 들어.
먼저 자, 출근해야잖아. 같이 기다릴 거야. 같이 뭐를 기다리는데?
눈을 감겨줄 거야. 손 치워, 숨을 못 쉬잖아. 죽었잖아.

사랑하는 목숨이 숨을 거두는 동안
우리는 충분히 우스꽝스러웠고

개의 시체를 토마토 상자에 넣고
차가운 데에 두자며 현관으로 옮겼다.
식구들은 옹기종기 누워 잠을 청했다.

— 임솔아

『괴괴한 날씨와 착한 사람들』, 문학과지성사, 2017.

— 쁘띠와 깜지와 나

쁘띠가 낳은 깜지, 반지, 꼭지

— 임솔아

2014년 8월 15일 쁘띠가 죽었다. 2013년 2월 23일 깜지가 죽었다. 쁘띠의 몸에는 23개의 가마가 있고 깜지는 브로콜리를 잘 먹는다. 쁘띠는 등을 긁어주면 뒷다리를 떠는 버릇이 있고 깜지는 물을 무서워해서 목욕할 때마다 동상처럼 굳은 채 서 있다. 쁘띠는 엄마가 베란다에서 말리고 있는 인삼이나 무말랭이 같은 것을 훔쳐 먹다 걸리면 재빨리 삼키는 특기가 있다. 깜지는 마음에 드는 인형이 있으면 남의 것도 끝까지 입에 물고 놓지 않는 특기가 있다. 어렸을 때 깜지는 형제 중에서 가장 먼저 문지방을 넘는 용감함을 보였다. 깜지는 형제 중에서 가장 못생겼다. 그 누구도 사랑해주지 않을까 봐 깜지는 우리 집에서 키웠다. 쁘띠가 깜지를 비롯하여 새끼 다섯 마리를 낳았을 때 두 마리는 이미 죽어 있었다. 쁘띠는 두 살 때 출산을 했다. 자기가 낳은 새끼를 보고서 깜짝 놀라 도망을 갔다가 몇 초 만에 다시 돌아와 새끼들을 하염없이 핥아주었다. 우리 집에 쁘띠가 처음 왔을 때 쁘띠는 책상 아래에 놓아둔 방석에서 종일 잠을 잤다. 열여섯 살의 나는 쁘띠를 만져보고 싶은 마음을 꾹꾹 참으면서 방석 앞에 엎드려 쁘띠를 내내 바라보았다. 사진(왼쪽부터)은 쁘띠가 낳은 깜지 반지 꼭지다. 쁘띠와 깜지 사진이 외장하드 한가득 들어 있는데, 나와 함께 찍은 사진은 한 장도 없다. 함께 있는 동안에는 함께 사진을 찍어두고 싶다는 생각을 하지 못했다.

임솔아
시와 소설을 쓴다. 장편 소설 『최선의 삶』, 시집 『괴괴한 날씨와 착한 사람들』, 소설집 『눈과 사람과 눈사람』이 있다. 강아지 간식을 종류별로 먹어봤다.

___ 정다연×밤이×아롱이

더는 비가 잦아들길 기다리지 않겠지

창문 너머로 손을 뻗으며
이 빗방울이 얼마큼 널 적실 수 있는지
헤아려보지 않겠지

침대에 앉아 두 손에
얼굴을 묻어도
손등을 핥아주는 온기가 없겠지
곁에서 깨어나길 기다리는 다정함도

어느 겨울, 비탈진 산책로의 가장자리
작은 눈사람을 발견하는 일도
귓가에 묻은 잎사귀를 보며 웃는 일도
없을 거야

너의 보폭에 맞춰 다른 각도로
함께 걸어본다는 거
그 감각도 옅어지는 겨울도 오겠지
눈송이가 눈송이를 지우며 포개지듯

너의 냄새
입가에 맺힌 물방울
날마다 다른 무수한 발소리 같은 것들

다 멈추겠지
그런 날이 올 거야 멀리 더 멀리
달려보라고
최선을 다해 공을 던져도

— 정다연

공은 돌아오지 않고
공을 문 너도 돌아오지 않는

운동장에서 한 바퀴, 두 바퀴
트랙을 따라 걸으며 이름 대신 너와의 계절을
홀로 걸어보는 날이 오겠지

손을 쥐었다가 폈다가, 애써
공을 던지지 않아도 되는
밤의 텅 빈 운동장이
성큼성큼 팔을 열고 내 품에 안기겠지

우리 걷기를 포기하진 말자

해변에 가자

혼자라면 발자국이 두 개, 아롱이 밤이와 함께 걸으면 발자국이
열 개

스무 개, 서른 개…

셀 수 없는 무늬로 모래사장을 물들이자 파도가 다가와서
열 개의 다리를 적셔도 멈추지 말자 첨벙첨벙 발을 구르자
각자의 감촉으로 햇살 아래 몸을 말리자

개 반입 금지

현수막을 운동장에서, 거리에서, 해변에서 만나게 된다 해도
걷기를 포기하진 말자 코너의 벚나무까지 달리기, 창 너머 들려오는
소리에 귀 기울이기를 멈추지 말자

비에 젖은 흙냄새, 바람 빠진 야구공, 풀숲에 뛰어들기를
끝내지 말자

열 개의 다리로, 수많은 풍경 속에 발 담그기를 계속하자

바람에 흩날리는 제각각인 우리의 빛깔을 그림자와 그림자로 이으며,
킁킁 가끔 뒤돌아 서로를 확인하면서

모르는 길 밖으로 나서기를 두려워하지 말자 가볍게 가볍게
땅에 그어진 선의 경계를 훌쩍 뛰어넘으며

— 정다연

이 걷기를 계속하자

— 밤이와 아롱이와 나

풍경 찾기

— 정다연

저는 밤이와 아롱이가 세상을 바라보는 눈빛이 좋습니다. 그 눈빛을 좋아하게 된 이후로 제가 보는 바깥도 더 좋아하게 되었습니다. 버려진 인형 앞에, 한 뼘 크기의 눈사람 앞에, 덤불 사이 누군가 정성껏 만들고 간 상자집 앞에 저를 데려다준 밤이와 아롱이에게 고맙습니다. 길이 아닌 곳으로 방향을 틀면 볼 수 있는 것이지만 혼자서는 볼 수 없었던 것입니다.

요즘 저는 행복합니다. 밤이, 아롱이와 함께 잠들 수 있게 되었기 때문입니다. 아침에 눈을 떴을 때 두 친구가 제 옆을 떠나지 않고 있다는 게 신기합니다. 정확히 3년 만의 일입니다. 이제는 서로의 뒤척임과 숨소리에 곁을 내어주는 것이 불편하지 않게 되었나 봅니다. 전에는 하지 않았던 일을 같이하게 된 것 같아 기쁩니다. 우리가 더 많은 일을 함께하면 좋겠습니다.

저는 밖에 나가는 것을 좋아하지 않지만 밤이와 아롱이를 통해서 매일의 산책을 좋아하게 되었고, 더 멀리 가보고 싶어졌습니다. 천천히 저의 삶을 변화시켜주는 밤이와 아롱이에게 사랑한다고 말하고 싶습니다. 앞으로도 서로 보폭을 맞춰가며 이전에는 가보지 못한 곳까지 걸어보겠습니다.

정다연
2015년 《현대문학》으로 등단. 밤이, 아롱이와 산책하는 것과 함께 한가롭게 뒹구는 시간을 가장 좋아한다.

___최현우×코코

코코, 하고 불렀습니다

가장 쉬운 이름을 골라주었지
다른 이름을 가졌던 네가
같은 상처를 생각할까 봐

마음에 드니?
내가 너와 살아도 되겠니?

지하주차장 버려진 박스 속에서 나를 따라온
나의 강아지

코코, 저기 봐
코코 오락실 코코 헤어 코코 슈퍼 코코 살롱
세상에는 코코가 참 많아

짧고 단순하고 반복하는 발음처럼
내 마음이 네게 어렵지 않았으면 좋겠는데

코코,
너는 물고 질질 끌어당기며
가장 밝은 산책을 부탁했지
어둡게 누워 있던 내게
좋아하는 전봇대와 그 밑에 핀 풀꽃
놀이터 모랫바닥에 숨겨진 반짝이는 병뚜껑들과
천변의 붕어들을 보여주었지

여기, 아직 많아
이렇게 감춰진 일들이

__ 최현우

내가 찾은 재밌는 골목을 줄게
너의 두 발, 이렇게 뛸 때마다
즐거운 냄새로 충만해지는 날들을

도무지 버릴 줄을 모르는 너를
다시는 혼자 두지 않겠다는 약속으로
세상에서 가장 많은 이름을 붙여주었지

늘 궁금해
너는 나를 뭐라고 부르는지
네가 골라준 나의 진짜 이름은

코코,
부르면
견딜 수 있는 다정함으로

세상보다 따뜻한 걸
한입 가득 물고서

심장을 포개어주려고 달려오는
작고 기쁜 영혼이었지

집에 혼자 두지 말랬잖아

내가 분명히 말했잖아, 우리의 이틀이 개에게는 두 달이 될지 이 년이 될지 모르잖아, 그렇게 혼자서 불 꺼진 집이 무너질 것처럼 두려워서 계속 울고만 있었잖아, 지나가는 발소리만 들어도 철문을 긁다가 발톱에 피가 맺힌, 그 절뚝거리는 반가움을, 안아줄 수 없는 공포를, 그렇게 만들지 말랬잖아, 한 모금도 마시지 않은 물그릇 속 떠다니는 날벌레, 한 알씩 물고 와서 현관 앞에 쌓아놓은 사료를, 식구들의 잠옷과 이불과 속옷을 둘둘 말아놓은, 늦으면 늦는다고 말하랬잖아, 더 이상 누구도 혼자 두지 말랬잖아, 왜 내 잘못이야, 각자 흩어지기 바쁜 우리는 서로 매일 죽고 싶은 사람들이잖아, 죽이고 싶어서 차라리 죽고 싶은 사람이잖아

처음으로
코코가 나를 세게 물었다

손가락이 찢어지고
며칠 동안 침대에서 혼자 잤다

어느 날 바닥에 앉아 양말을 신으며
다녀올게, 하니까
코코가 다가와 손을 핥았다

열심히
아주 열심히

그 후로
붕대를 감듯

— 최현우

나쁜 생각을 할 때마다
손으로
손을 붙잡는 모양을 했다

__ 코코와 나

그때서야 생각해볼게

— 최현우

예전만큼 뛰지 못하고 먹지도 못하지. 며칠 전엔 네가 갑자기 뒷다리를 절어서 마음이 주저앉았다. 왜 생명의 길이는 이토록 달라서, 나보다 어렸던 네가 나보다 늙어가는 걸까. 그건 정말 당연한 일이 아닌 거 같은데. 새카맣던 주둥이에 흰빛이 도는 너를 보면 하기 싫은 상상을 해. 우리 함께 10년을 살았고 앞으로는 10년보다 짧은 날들이 남았을지도 모르겠어서, 나는 태어나서 단 한 번도 겪어보지 못한 이별을 생각하곤 해. 아무리 생각해도 속수무책이고 많이 무서운 그 날이 올 때, 코코야, 나는 너를 안고 그때서야 생각해볼게. 그때서야 준비하고 그때서야 다짐해볼게. 너를 아끼며 누군가를 아끼는 법을 알게 된 내가, 혼자로는 안 되고 함께여서 가능했던 날들을 아주 많이 기억하고 있을게.

최현우
2014년《조선일보》신춘문예로 등단. 코코와 함께 살고 있다.

댕댕이 시집
나 개 있음에 감사하오

1판 1쇄 펴냄 2019년 6월 24일
1판 7쇄 펴냄 2023년 11월 17일

지은이 강지혜, 김상혁, 김소형, 남지은, 민구, 박세미, 박시하,
박준, 서윤후, 성다영, 송승언, 심보선, 안미옥, 안태운,
원성은, 유계영, 유형진, 임솔아, 정다연, 최현우

엮은이 유계영
편집 송승언, 서윤후
디자인 황효영, 한유미, 정유경

펴낸이 손문경
펴낸곳 아침달
출판등록 제2013-000289호
주소 03980 서울시 마포구 성미산로 153-16, 2층
전화 02-3446-5238
팩스 02-3446-5208
전자우편 achimdalbooks@gmail.com

값 13,800원
ISBN 979-11-89467-12-8 03810

이 도서의 국립중앙도서관 출판예정도서목록(CIP)은
서지정보유통지원시스템 홈페이지(http://seoji.nl.go.kr)와
국가자료종합목록시스템(http://www.nl.go.kr/kolisnet)에서 이용하실 수 있습니다.
(CIP제어번호 : CIP2019022981)

아침달